U0826755

诵读·蒙古学经典

SONGDU MENGGUXUE JINGDIAN

— 刘秉政 / 编著 —

5

内蒙古人民出版社

图书在版编目 (CIP) 数据

诵读·蒙古学经典. 5 / 刘秉政编著. -- 呼和浩特 :
内蒙古人民出版社, 2020.11
ISBN 978-7-204-16430-1

Ⅰ. ①诵… Ⅱ. ①刘… Ⅲ. ①蒙古族—少数民族文学—
作品综合集—中国 Ⅳ. ①I291.2

中国版本图书馆 CIP 数据核字 (2020) 第 178617 号

诵读·蒙古学经典·5

作　　者	刘秉政
策划编辑	贾睿茹
责任编辑	孙　超
封面设计	宋双成
封面插画	孙　强
内文插画	杨乌日嘎　王　焱　陈利鑫
出版发行	内蒙古人民出版社
地　　址	呼和浩特市新城区中山东路 8 号波士名人国际 B 座 5 楼
印　　刷	内蒙古爱信达教育印务有限责任公司
开　　本	787mm×1092mm　1/16
印　　张	6
字　　数	90 千
版　　次	2020 年 11 月第 1 版
印　　次	2020 年 11 月第 1 次印刷
印　　数	1—2000 册
书　　号	ISBN 978-7-204-16430-1
定　　价	26.00 元

如发现印装质量问题，请与我社联系。联系电话：（0471）3946120
网址：http://www.impph.com

序

中华文化源远流长、历久不衰，在世界文化中独树一帜。造就这种独特而伟大的文化发展现象的原因之一，就在于它多元一体、和而不同的内在建构。在这个内在建构中，作为草原文化的重要组成部分——蒙古族文化是其不断演进、发展的重要动力源泉之一。

在长达千年的历史长河中，这个被称为“马背上的民族”创造了并至今还在创造着光耀千古、气势恢宏的历史文化，源源不断地将一个民族的伟大精神以璀璨绚丽的音乐、舞蹈、绘画、科技、军事、哲学思考、文艺作品、历史典籍等形式投射到长生天不朽的时空幕布上，直至凝铸成中华文化之星座，汇聚成世界文化之星系。

蒙古民族曾以美丽的牧歌走向世界，以恢宏的征战走向世界，以难以企及的国家版图走向世界，更以浩如烟海的历史文化艺术典籍走向世界！

荟萃草原文化精华的《成吉思汗箴言》与《论语》同为闪烁着哲人智慧光芒的人类宝贵的精神财富。

《格萨尔王》《江格尔》等草原民族的英雄史诗是蒙古民族重要的精神图腾，是“一个民族精神标本的展览馆”，将“处于英雄时代具有原始新鲜活力的全部民族精神都可以表现出来”，为我国在世界史诗领域赢得了崇高的地位。

被誉为“草原《史记》”的《蒙古秘史》将神话传说、英雄史诗、祝词、赞词、民歌等诸种传统的民族文学体裁有机地融合在对历史的记述之中，创造了历史文学体裁的新形式。

作为草原民族法典代表作的《大札撒》则是一座里程碑，引导蒙古民族跨入法治社会。在世界法制史上，它与中原农耕民族的法典代表作《大秦律》、欧洲的《罗马十二铜表法》、古代巴比伦的《汉谟拉比法典》一样，都代表了人类法制建设划时代的历史跨越……

蒙古族世界级的经典又何止于此！

文化兴则国运兴，文化强则民族强。夺取新时代中国特色社会主义伟大胜利，实现民族伟大复兴，必须坚定文化自信，大力继承与发扬灿烂的民族文化。草原文化从来不是一个封闭的系统，它具有强烈的开放性、包容性与接纳性。它鲜艳，鲜活，虽发端遥远，却历久弥新。它的文化精神内核可简要归纳为：质朴天然、本性纯真，奋发进取、自强不息，自由开放、热爱自然，尊信重义、崇尚英雄等。以上特质与当今的时代精神和全球背景下的人文价值诉求高度契合，是拈来即可应用的人类文化瑰宝。

2019年8月16日，习近平总书记在内蒙古大学考察时，仔细察看了蒙古族的经典馆藏，听取了关于蒙古族历史文化的讲述。这充分体现了总书记对民族文化和民族教育的重视。习总书记曾讲："年轻人是实现第二个百年奋斗目标的骨干和栋梁。"因此，对我区青少年学生的民族教育要从小抓起，使其循序渐进地接触、了解蒙古学的知识，形成正确的世界观、人生观、价值观。当今，有关国学经典诵读的著述早已数不胜数，而蒙古学经典读物尚属凤毛麟角，即使有，也略显简单化、平面化，远不能体现作为经典的巨大教化作用。

基于此，我们编纂了这部《诵读·蒙古学经典》丛书。这套书以社会主义核心价值观的"富强、民主、文明、和谐，自由、平等、公正、法治，爱国、敬业、诚信、友善"十二项内容为基本精神遵循，又细化为多个人类优秀品格、素质、规范等，再从浩瀚的蒙古学经典著作中遴选、整理与以上原则相对应的，适合青少年诵读学习的箴言、谚语、史料、律条、神话传说、历史故事等作为文本内容，系统涵盖了智育、德育、美育等教育范畴，以及政治、经济、文化、科学、军事、伦理、艺术、生态、教育等多个领域。延伸阅读部分又辅之以大量传统国学经典与之相呼应，凸显了草原文化是中华文化不可分割的一部分，是与中原文化长期碰撞、交流、吸收、融合的结果。这套书按年级从低到高共分 6 部，主题鲜明，内容翔实，形式多样，文字生动，是少年儿童学习民族文化的理想阶梯，奠定道德精神大厦的坚固基石。

春风大雅能容物，秋水文章不染尘。经典，传承千年而精神不老，流传亘古而馨香益醇。读经典是一个励志、炼心、启智、铸魂的历程。在此中，积累的是语言，培养的是灵性，造就的是智慧，升华的是品质。

学习，继承，发扬，我们义不容辞；诵读，品味，感悟，我们不亦乐乎！

编者

2020 年 8 月

目录

第一单元　自强不息

第二单元　刚正不阿

Contents

第三单元　勤于思考

第四单元　谦逊有度

目录

第五单元　团结一心

第六单元　实干兴邦

第一单元

自强不息

自强不息是中华民族几千年来熔铸成的民族精神，正是这种精神，使中华民族历经沧桑而不衰，历经磨难而更强，豪迈地自立于世界民族之林。人生拥有了自强的精神，人便拥有了在残酷现实中拼搏的勇气、力量；人生拥有了自强的精神，人便拥有了振作精神，下定决心，排除万难的信念！只有明确目标，做个自强不息的人，才能在困境面前拥有一个积极的心态，辛勤耕耘，用勤奋开拓自强人生。

1. 熔山化铁

传说大约在成吉思汗出生前两千年，北方草原上的蒙古部落与突厥部落发生战争，蒙古部战败，惨遭杀戮，整部仅余两男两女，他们历经艰险，逃到一处人迹罕见的名叫“额尔古涅·昆”的地方避难。这里四周是陡峭的山峰和茂密的树林，除有一条难以通行的羊肠小道外，别无他路。这四个男女互相结成配偶，长期在此繁衍，久之，感到地狭人稠，拥挤不堪，而昔日小路已塞，无路可通，于是协商别谋出路，冲出峡谷。后寻得一处熔过铁的旧矿地，全体聚集，宰杀了七十头牛马，剥下整张的皮做成风箱，架起煤柴，七十只风箱一起鼓风扇火，烈焰飞腾，直至山壁熔化。此举不仅获铁无数，而且通道大开，他们便一起迁徙来到广阔的草原。以后，成吉思汗家族为纪念祖先这一开天辟地，自强不息的壮举，每遇年终除夕便炼铁于炉，置于铁砧之上锤打成条，以表谢祖隆恩，这种古老习俗一直延续下来。

导读

中国古代神话中，有“盘古开天辟地”的故事。“盘古开天”的记载最早见于三国时期吴国徐整著《三五历纪》：“天地混沌如鸡子，盘古生其中。万八千岁，天地开辟，阳清为天，阴浊为地……”和熔山化铁的故事一样，盘古开天辟地的故事也是古人对先人的神化，体现出中华民族向往光明，为造福人类社会无私奉献的伟大精神。

（额尔古涅·昆：位于今天内蒙古自治区大兴安岭西北麓，呼伦贝尔草原北端，额尔古纳河流域的峡谷山地。）

延伸阅读

“熔铁出山”虽是传说，但它却反映了蒙兀室韦从额尔古纳河流域离开森林、西迁草原的历史真相。2009年11月8日至9日，来自中国社科院民族文化研究所和内蒙古大学的专家深入位于额尔古纳市莫尔道嘎镇的一处名为黄火地的林区中，对林区工人在作业时发现的石堆、石墙及于里亚铁矿附近修路时发现的一处山坡上被烧焦的矿石痕迹的遗址进行了考证。遗址现场尽管已被前几日的大雪所覆盖，但仍可以清晰地看到断断续续、几十米长用石头垒砌而成的石墙。除此之外，遗址地表还分布着很多石砌的圆包，外表基本成圆形，垒砌得较为齐整，有一定高度。从石块的表面痕迹看经历的年代较为久远，而且上面长有很多苔藓。而于里亚铁矿附近修路时发现的山坡上被烧焦的矿石痕迹极有可能是蒙古先祖起源传说之一的“化铁熔山”的遗迹。

2. 奋斗不止

成吉思汗说：

玉石不生毛皮，

坚铁没有黏合，

可惜此身不可能永生，

你们要勇往直前自强不息！

（选自《成吉思汗箴言》）

导读

《荀子·劝学》中说："锲而舍之；朽木不折；锲而不舍；金石可镂。"意思是，如果刻几下就停下来了，那么腐烂的木头也刻不断。如果不停地刻下去，那么金石也能雕刻成功。要想获得成功必须坚持。一个有作为的人，一生做人处世，建立了正确的人生观，就要坚持到底，一以贯之，不可以见异思迁。犹如挖井一般，不可以挖了九成，因为还没有见到水，就中止不挖了，这样就等于前功尽弃。

延伸阅读

这是成吉思汗在出征西夏国时鼓励将士们的话。在灭西夏前夕，1227 年 8 月 25 日（宋宝庆三年七月十二日）成吉思汗病死在六盘山的军营中。

3. 敢为人先

成吉思汗教育诸子：

不要心志高傲像一座山，

山岳虽高，野兽仍可爬上它的峰巅。

即使心志宽阔像一片深海，

海洋虽深，人在其上仍可横渡不死。

不为他人所胜，这才是生而为人的指标！

（选自《成吉思汗箴言》）

导读

在学习和生活中要有敢为人先的精神，就是敢于尝试，敢于探索，敢于创新。就是敢于领风气之先，领潮流之先，就是有胆有识，占尽先机，取得主动权。只有敢于走别人没有走过的路，才能收获别样的风景。

延伸阅读

成吉思汗记录在案的嫡生儿子共有四个，分别是术赤、察合台、窝阔台和拖雷。他们和他们的儿子们有的曾经监国执政，有的继位当了蒙古大汗，有的率兵西征，创建了和蒙古汗国不相上下的各大汗国，各自有着或精彩，或悲壮，或遗憾的人生经历。

4. 争做强者

不要想有人保护你，只有学会了靠自己的力量活下来，你才算是真正的蒙古人，才是任何人都打不落马的蒙古人。

落泪莫如攥拳头。

（选自《蒙古族谚语》）

导读

如果你不握紧拳头，你就不知道你力量到底有多大；如果你不咬紧牙关，你就不知道你的坚持到底有多坚定；如果你不踩脚而起，你就不知道你的果决到底有多正确；如果你不瞪眼，你就不知道你的内心到底多强大。最强悍的竞争力只有两个字：行动。只有当你足够努力，你才会足够幸运。这世界不会辜负每一份努力和坚持。

5. 自立自强

在我的力量还不足的时候，我就忍让，先把自己的翅膀练硬，即使狂风暴雨也挡不住我往高处飞翔！

只要自己肯努力，命运会为你效劳。

（选自《蒙古族谚语》）

导读

天行健，君子以自强不息；地势坤，君子以厚德载物。这句话的意思是：天（即自然）的运动刚强劲健，相应于此，君子处世，应像天一样，自我力求进步，刚毅坚卓，发愤图强，永不停息；大地的气势厚实和顺，君子应增厚美德，容载万物。这是中华民族最伟大的精神之一。

第二单元

刚正不阿

我们常用刚正不阿形容一个人刚强正直，不曲意逢迎。刚正不阿就是要心头始终牢记一个“正”字，在人情和私欲面前守好底线，做到疾恶不惧、正道直行。古代历史上众多良吏能臣展现出的刚正不阿的人格精神跨越历史的长河仍然闪耀着光辉。

1. 正直

别在绵羊群里逞好汉，别在好汉面前装绵羊。

（选自《蒙古族谚语》）

对朋友要像绵羊般温驯，对敌人要像猛虎般暴戾。

导读

正直是一个人的底色，是一个人在面对问题时良知的反应，是一个人在重大问题上或关键时刻要坚守的底线。一个正直的人最重要的特点就是对事物的判断标准只有“对错”，没有“得失”。（甲骨文“直”字从目、从丨，会以目测量材料、使之不弯曲之意。本义是不弯曲。《左传·襄公七年》：“正曲为直。”）

延伸阅读

鲁迅先生曾在文章《忽然想到》中感叹旧中国的国民“对于羊显凶兽相，而对于凶兽则显羊相，所以即使显凶兽相，也还是卑怯的国民”。并提出，要改变这种状况，必须“对手如凶兽时就如凶兽，对手如羊时就如羊”！

2. 威武不屈

只向良言低头，不向利斧弯腰。

（选自《蒙古族谚语》）

困厄危难志不摇，意得时顺不心飘，
爱欲情浓不沉迷，威武压顶不弯腰。

（选自《成吉思汗箴言》）

导读

历史上，司马迁坚持真理、百折不挠，面对宫刑这样的奇耻大辱，司马迁能忍辱负重，用自己的生命和心血写出了史学巨著《史纪》。勾践二十年卧薪尝胆、励精图治，能吃人所不能吃之苦，忍人所不能忍之辱，以不屈不挠的精神，坚韧不拔的意志，最终率弱小的越国打败强大的吴国，创下以弱胜强、以卵击石的神话。

延伸阅读

孟子说：富贵不能淫，贫贱不能移，威武不能屈，此之谓大丈夫。

3. 取之有道

不正当的收入，不如正当的损失。

（选自《蒙古族谚语》）

若能节制贪婪之心，可望发家致富；
若能分清是非曲直，可谓贤者。

导读

《论语》：富与贵，是人之所欲也，不以其道得之，不处也；贫与贱，是人之所恶也，不以其道得之，不去也。《孟子》：万钟则不辩礼义而受之，万钟于我何加焉！这都是在说要按照正确的道德规范来作取舍。

延伸阅读

蒙古国攻克金国，失吉忽秃忽清点大金国库的时候，一个降将镇守在那里。为了讨好位高权重的失吉忽秃忽，他将几件绣金丝织品送给了他。但是失吉忽秃忽严词拒绝了，认为这些财物都属于成吉思汗和全体国民，别人无权分配。成吉思汗听说后褒奖了失吉忽秃忽，并下令让蒙古人将失吉忽秃忽视为楷模。之后，失吉忽秃忽被任命为大断事官，掌管全国刑罚诉讼及民户分封等政务，最终成为公正廉明的化身。

第三单元

勤于思考

思考是思维的一种探索活动，思考力则是在思维过程中产生的一种具有积极性和创造性的能力。思考的深度决定工作的力度。一个人在学习、工作中能不能有所作为，与思考的深度关系极大。古今中外大凡有建树的人，都是勤于思考的人。

1. 解牛与理政

铁木真在寻找所丢失的八匹骏马的途中遇到了一个名叫博尔术的少年，这位少年久闻铁木真之大名，便问他能拉满多大的弓，搬起多重的石头。铁木真说，治理国家绝不能只依靠武力。见那少年正在剔牛，就对他说："治理天下的道理和剔牛是一样的。不会剔牛的人不知牛的骨缝在哪，所以他看见的是一头整牛，刀子割不断还要用斧子砍，既费力又不合理。会剔牛的人看见的不是全牛，知道沿着牛的骨缝运刀，这样又快又省力。因此要想取信于天下，要靠才干和智慧，而不能完全靠武力。"博尔术听后佩服得五体投地，当即表示愿意终身跟随铁木真。

导读

中国古代“庖丁解牛”的故事与此同理，只有经过反复实践，掌握了事物的客观规律，做事才能得心应手，运用自如。做事不仅要掌握规律，还要持有一种谨慎小心的态度，收敛锋芒，并且在懂得利用规律的同时，更要去反复实践，终究会悟出事物的真理所在。人类社会充满着错综复杂的矛盾，人处世间，只有像庖丁解牛那样利用规律，做到顺应自然，才能保身、全生、养亲、尽年。理政也是如此。

延伸阅读

博尔术和铁木真的相识是一次偶然的邂逅。铁木真的八匹骏马被人盗走了，铁木真发誓要将这些马追回来。就在这个过程中，他遇到了生命中的“右臂”——博尔术。博尔术认识路，就带着铁木真追上了盗马贼，然后趁机又将这些马夺了回来。铁木真和博尔术初次见面就意气相投，真有一种英雄惜英雄的感觉。于是，他们俩就走到了一起，博尔术成为铁木真忠实的“那可儿”（伴当）。

2. 智取

强壮的身体可以胜过一人，聪明的头脑可以胜过众人。

（选自《蒙古族谚语》）

克制傲气，广修智慧，身躯之坚胜寡，智慧之坚胜众。

导读

《孙子兵法·谋攻篇》：是故百战百胜，非善之善者也；不战而屈人之兵，善之善者也。这句话的意思是百战百胜，虽然高明，但不是最高明的；在攻城之前，先让敌人的军事能力（包括指挥能力和作战能力）严重受损，根本无力抵抗，才是高明之中的最高明。

延伸阅读

遇到严阵以待的强大敌军，蒙古骑兵经常使出诈败诱敌的战术，将前者吸引到选中地点，与埋伏好的军队合围灭之。第一次西征后期的喀尔喀河战役（1223 年 5 月），哲别与速不台率领不足 3 万人对阵斡罗斯与钦察的 10 万联军。蒙古军连续撤退九天至有利地点——喀尔喀河畔。追了九天的联军队形混乱，蒙古骑兵遂发起突击，两翼也很快包抄到位，一举击溃敌军。

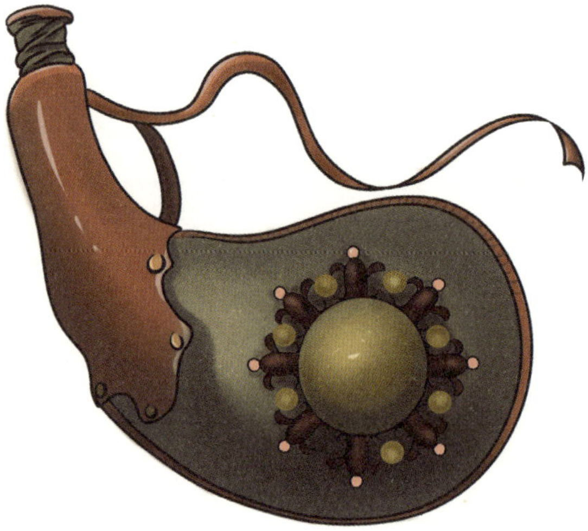

3. 运用智慧

鸟靠翅膀兽靠腿，人靠智慧鱼靠尾。

（选自《蒙古族谚语》）

手足之力只镇一二，心机之力可征世界。

导读

人与动物最根本的区别就是人类拥有智慧。正因为远比其他动物聪明，人类才能逐渐发展出自己的文明，而文明又大大促进了人类发展，最终人类与其他动物渐行渐远，成为万物之灵长。

4. 三思后行

你们如果注意自身的磨炼，就能抑制冲到嘴边的怒气，因为愤怒而使用暴力，又能使谁服服帖帖地满意？

白天的言行，黑夜要自问；明天的行动，今天要三思。

（选自《蒙古族谚语》）

导读

三思而后行，出自《论语·公冶长》：“季文子三思而后行。子闻之，曰：‘再，斯可矣。’”我们做事经常凭一时冲动，却不思考后果如何，往往在冲动中让不理性的思想占据我们的头脑，从而做出愚蠢之事。因此，在做事前必须仔细思索，做到三思后行，才能保证事态在可控制的范围内正常进行。

5. 成败在思考

坚决抑制骄横和强暴，施韬略才是充当人君的正道。

成事唯有多远虑，败事都由少思考。

（选自《蒙古族谚语》）

导读

“人无远虑必有近忧”，这句话出自《论语》。指的是没有长远的打算，那么近期的事情就会多有忧虑，可理解为：人若是没有长远的考虑，那忧患一定近在眼前。孔子是在强调未来规划的重要性。一个人有了追求，有了规划，他就会为了达成这个目标而严格要求自己，这样不仅保证了他能完成这个目标，而且还能在这个过程中完善自己的行为，使自己行事顺利。

延伸阅读

《中庸》有言：博学之，审问之，慎思之，明辨之，笃行之 。讲的是治学求进的道理。意思是：要广泛地多方面学习，详细地问，慎重地思考，明确地分辨，踏踏实实地行动。

第四单元

谦逊有度

谦逊是与人交往中最受人喜爱的品格。我们应该永远保持一颗谦逊的心，保持一种谦虚的精神，这才是我们在人际交往中受欢迎的最有效的方法。只有谦逊的人才能得到快乐、智慧与才能。因为它会使你深得人心，让你接受更多真诚的关怀与鼓励。

1. 长幼有序

到长者处时，长者未发问，不应发言。长者发问以后，才应作适当回答。

（选自《成吉思汗箴言》）

导读

长幼有序，出自《礼记乐记下》，“所以示后世有尊卑长幼之序也。”不以规矩，不成方圆。秩序意味着光明和安宁，意味着内在的自由和自我控制；秩序就是力量，秩序是人类最大的需要，是真正的幸福所在。

延伸阅读

蒙古人长幼有序，敬老爱幼。到牧民蒙古包里做客，见到老人要问安。不在老人面前通过，不坐上位，未经允许不要与老人并排而坐。称呼老人要称“您”，不许以“你”相称或直呼其名。

2. 自省

阿尔斯朗汗曾与铁木真有过一番对话，前者问，后者答。

“我听说勃特国在北方世代为皇，你祖父哈布拉汗也做过皇帝，你为何迟迟不肯称帝？”

“只有适合称皇的人才能做皇帝，并非人人都能称皇。做你这样的皇帝易如反掌，只是你无法用皇德统治国家。”

“何为皇德？”

“做事不假，句句是真话。”

“那你现在所言句句是假？”

“虽不是如此，我也不敢保证句句是真。我日日自省，常常后悔，因此还不能称帝。”

“那你的属民如何称呼你？”

“他们只叫我铁木真。”

（选自《青史演义》）

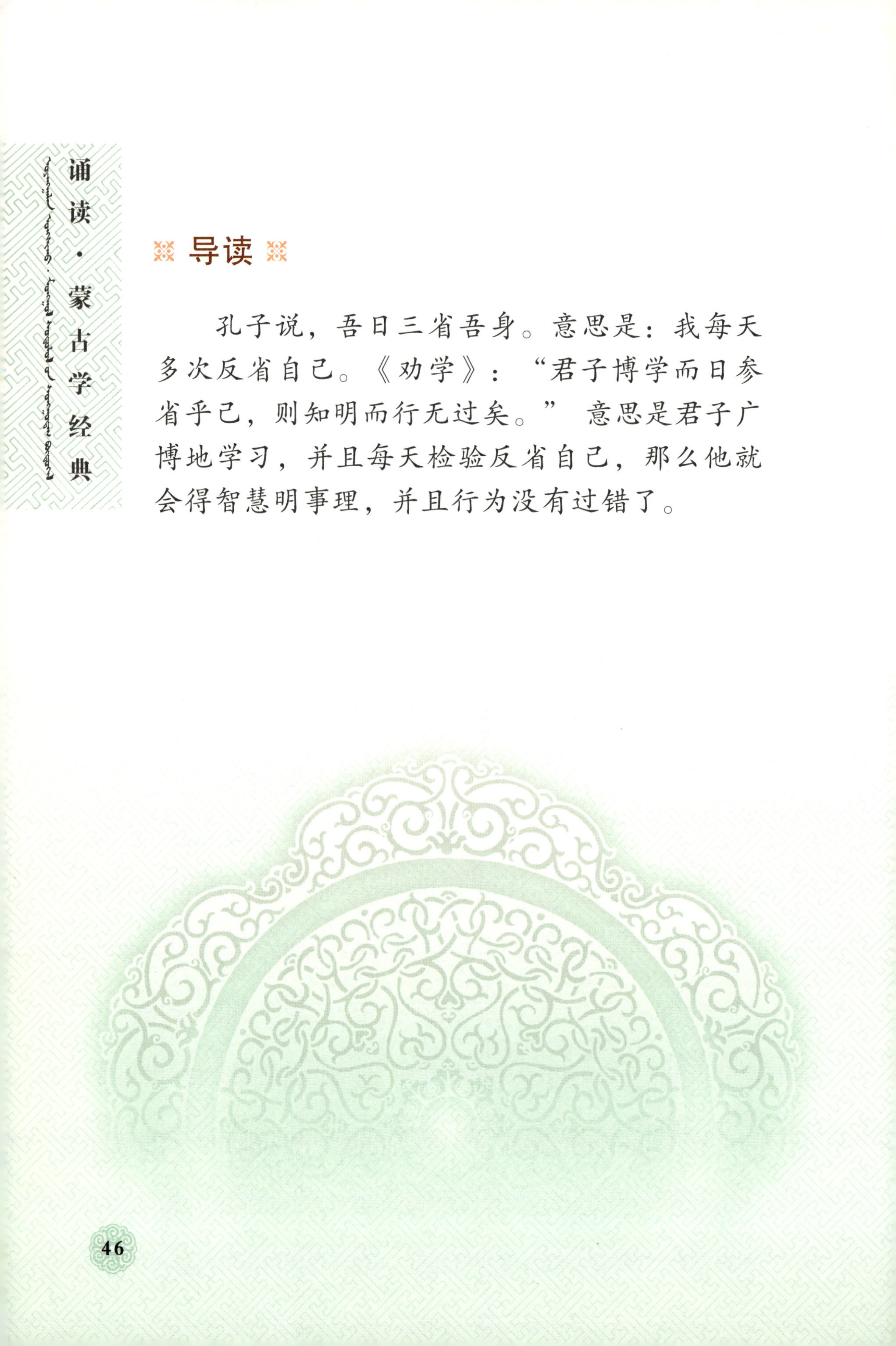

导读

孔子说，吾日三省吾身。意思是：我每天多次反省自己。《劝学》：“君子博学而日参省乎己，则知明而行无过矣。” 意思是君子广博地学习，并且每天检验反省自己，那么他就会得智慧明事理，并且行为没有过错了。

延伸阅读

勃特国，是尹湛纳希在《青史演义》中塑造的理想国，它是以成吉思汗为领袖，上下团结一致，富有凝聚力的国度。在这个国家，从君主到普通人都身体力行，展示着草原游牧民族忠诚勇敢的为人之道，以实际行动体现着草原游牧民族将荣誉看得重于生命和疾恶如仇勇于伸张正义等优秀品质。

3. 礼让

成吉思汗与群臣谈话。成吉思汗问老臣却楚利："老者为何只听年轻人之言，自己不发言？"却楚利答道：

"利刀钝了不好用，
快马老了难驰骋。
壮士老了徒留名，
下臣老了让后生。"

（选自《青史演义》）

导读

礼让，语出《论语·里仁篇》，“能以礼让为国乎？何有？不能以礼让为国，如礼何？”这句话的意思是：能够以礼让来治理国家吗？这有什么困难的呢？如果不能够用礼让来治理国家，那要礼仪有什么用呢？“融四岁，能让梨”，也以通俗浅显的故事，教育小孩要懂得遵守公序良俗。

4. 教养

教诫子弟，使毋忘本，不可使其但知鲜衣美食不厌精，乘骏马拥娇姬，以免忘记我等开创之劳。

宽阔的河流平静，有教养的人谦逊。

（选自《蒙古族谚语》）

导读

“教养”，在启蒙读物《三字经》中就提到了：“人之初，性本善。性相近，习相远。苟不教，性乃迁。教之道，贵以专”。教养是发自内心的，它是由环境、教育、经历等结合成的内在素质。“教养”在良好人际关系中具有重要作用，表现在有爱心，尊重他人，做事有分寸，善解人意，温文尔雅，注重细节，关心他人，心胸宽阔，正派真诚，光明磊落等等。

延伸阅读

成语静水流深，意思是通过表面平静的水并不知道水底下有多深，来暗喻表面不声不响的人却蕴藏着大的智慧，这是我们做人要培养、遵循的一个品质。

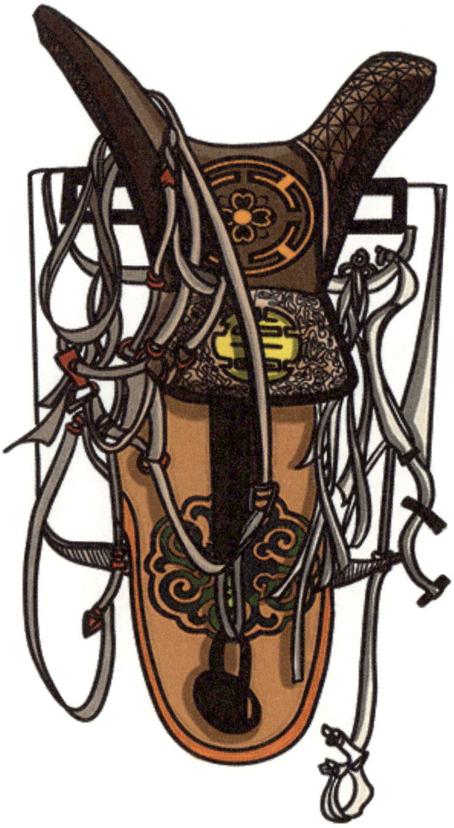

第五单元

团结一心

团结是由多种情感聚集在一起而产生的一种精神。团结就是相互配合，真正的团结就是无条件的配合。团结并不只存在于志同道合中。如果一个团队没有团结的精神，那么这个团队就不能称之为团队，只是志同道合而已，团结是成功的基石，没有团结就不会有理所当然的成功，这是千百年来不变的道理，团结就是力量！

1. 折箭教子

一天晚上，阿兰豁阿把儿子们叫到一起，让她的小儿子孛端察儿拿了五支箭过来。孛端察儿拿来箭之后，阿兰豁阿把这五支箭分别发给五个儿子，然后跟儿子们讲，你们把它给我折断了。五个儿子每人折一支箭不费吹灰之力，五个人都把箭给折断了。

然后，阿兰豁阿让孛端察儿再去拿五支箭来。这次阿兰豁阿拿绳子把这五支箭一捆，交给自己的大儿子，说你把它折断了。大儿子费了半天劲儿也没折断，接着二儿子、三儿子、四儿子到孛端察儿，每个人都无法折断绑在一起的这五支箭。

这时，阿兰豁阿说，你们看明白了吧？一支箭很容易被折断，而五支箭捆在一起就不容易折断。我担心我死之后，你们五兄弟不和。你们五兄弟要像这牢牢绑在一起的五支箭一样齐心合力，我们这个家族才能兴旺，我们这个部落才能强大。

导读

阿兰豁阿，被称作蒙古黄金家族的始祖母，她造就了蒙古人的各个支系。是蒙古民族共同敬奉的女神。

延伸阅读

类似母亲教子的佳话还有“子不学，断机杼”。说的是孟子小时候很贪玩，不肯用功读书。有一天，孟子早早就从学校回家了，对正在织布的母亲说：“我不愿意念书了！”母亲听了很生气，拿起刀来就把没织完的布匹割断了，并对孟子说：“布匹是一根一根的丝织起来的，学问是一点一滴积累起来的。你荒废了学业，就像我割断了布匹一样，半途而废了。”孟子听了母亲的话后，决定改过自新，日后发奋读书终成儒学大家。

2. 车的比喻

成吉思汗对王罕这样比喻，以说明团结的重要性：

有两条辕的车，
如果第二条折断，
牛就不能向前拉，
我不曾是你的第二条辕吗？
有两个轮子的车，
如果第二个轮子折断，
车就不能移动，
我不曾是你的第二个轮子吗？

（选自《成吉思汗箴言》）

导读

在我国古代，驾驭马车，是一门重要的学问。孔子的教学体系中就有“御”这一科。车行进时，驾驶马车的车工把马缰绳汇总握在手中。《诗经》中就有“执辔如组”的诗句，“如组”就是把八根缰绳握在两手中，就像一组绳似的。战国时，由于车战的发达，战车的多少成为一个国家强弱的标志，有所谓“千乘之国”“万乘之国”的说法。

延伸阅读

勒勒车，是蒙古民族使用的传统交通运输工具。通常以草原上常见的桦木制作，其特点是车轮大车身小，结构简单，使用方便，适于草地、雪地、沼泽和沙漠地带运行。我国北方的游牧民族早就有造车用车之习俗。凿刻在乌拉特中旗几公海勒斯太山崖上的岩画中有多幅车子的图案。

3. 齐心协力

成吉思汗说：
二人若齐心合力，
坚如磐石。
二十人若不齐心，
脆若断壁。
众人若不齐心，
则被孤儿耻笑。
众人若不团结，
则败于孤军。
成群聚集之喜鹊，
胜过零散之老虎，
故以齐心为贵。

（选自《成吉思汗箴言》）

导读

齐心协力，语出《周书·崔谦传》：“然后与宇文行台，同心协力，电讨不庭，则桓文之勋，复兴于兹日矣。”近义词有万众一心、齐心合力、同心协力、同心一力、和衷共济、上下同心、同心同德、戮力同心、齐心戮力、群策群力、同心合力、同心并力等。

延伸阅读

《周易·系辞上》："二人同心，其利断金；同心之言，其臭如兰。"比喻团结合作能够发挥很大的力量。（臭：气味。）

4. 依靠集体

齐心团结紧密合作，是战胜困难的保证；轻信谗言互相猜忌，是失败灭亡的征兆。

集体的力量如钢铁，众人的智慧如日月。

（选自《蒙古族谚语》）

导读

集体主义，主张个人从属于社会，个人利益应当服从集团、民族和国家利益的一种精神，最高标准是一切言论和行动符合人民群众的集体利益。中国人骨子里具有强烈的集体主义价值观。回望历史，中华民族成为世界历史上唯一文明不曾中断的伟大民族，其重要原因也在于此。“天下兴亡，匹夫有责”乃至舍生取义的集体主义精神已深深融入我们民族的血液中。

5. 人多力量大

七十七头牦牛能把高山拉倒，九十九匹马能把宝塔拉跑，众人的嘴巴能把海水喝干，众人的手臂能竖起敖包。

（选自《蒙古族谚语》）

导读

敖包是蒙古语，意即“堆子”，也有译为“脑包”“鄂博”，由人工堆成的“石头堆”“土堆”或“木块堆”。原来是在辽阔的草原上人们用石头堆成的道路和境界的标志，后来逐步演变成祭山神、路神和祈祷丰收、家人幸福平安等活动的载体。

第六单元

实干兴邦

空谈误国，实干兴邦，人世间的一切幸福都是要靠辛勤的劳动来创造的。未来不是取决于我们今天说什么、怎么说，而是取决于我们今天干什么、怎么干。道虽迩，不行不至；事虽小，不为不成。鲁迅说，我们自古以来就有埋头苦干的人，有拼命硬干的人，有为民请命的人，有舍身求法的人……这就是中国的脊梁。实干、苦干才能续写中国辉煌，托起中国梦想，实现民族复兴。

1. 金子不如才能

唐兀氏畏达尔对成吉思汗说：
与其拥有堆积如山的金子，
不如掌握谷粒大小的才能。
与其千言万语，不如懂一句话。
与其说一万句，不如做好一件正事。
一句箴言亦能概括千言万语。

（选自《成吉思汗箴言》）

导读

才能体现在一个个体对事物的发展所起作用的程度，一个人的能力越强，他对事物的发展所能起的影响就会越大。所以能力是顺利实现某种活动和左右事物发展的条件。正因为诸葛亮有经天纬地之才，刘备才三顾茅庐，请他出山，成就了一段历史佳话。北宋诗人张耒《送杜君章守齐州》：“人才之难万冀一，一士其重九鼎轻。”强调人才的重要性。

延伸阅读

唐兀人是蒙古统治者对以党项族为主体的西夏移民的称谓，是色目人的一支。“唐兀氏畏达尔”，指党项族的一个叫畏达尔的人。

2. 脚踏实地

鸟飞得再高，影子离不开大地；人再聪明，离不开辛勤劳动。

（选自《蒙古族谚语》）

攀登高山的山麓，指向大海的渡口，
不要因路远而踌躇，只要走，就必达到；
不要因担重而畏缩，只要扛，就必举起！

导读

脚踏实地是一个成语，意思是脚踏在坚实的土地上，比喻做事踏实，认真。出自宋代邵雍《邵氏闻见前录》卷十八：“公尝问康节曰：‘某何如人？’曰：‘君实脚踏实地人也’。”

延伸阅读

成吉思汗曾让大臣们陈述有利于江山社稷的言辞，其子察合台说："比起远处的浩瀚大海，处于近处的水井更实用。比起智慧过人却不言说的智者，日日分享所见所闻的愚者更好。"表达了其实用的思想。

3. 从小事做起

不论山多高，向前进就能越过；不论工作如何艰巨，着手做就能完成。

（选自《蒙古族谚语》）

成吉思汗要求将领在用兵前，必须检阅其部队，审视士卒之兵械，每人除弓、矢、斧外，必须携一锪，用以砺弩，并携一筛、一锥及针线等物，缺一者罪之。

导读

《劝学》:“故不积跬步,无以至千里;不积小流,无以成江海。”意思是:没有一步半步的累计,就没有办法到达千里之外的地方;不积累小河流,就没有办法汇成江海。比喻积累的重要性。引申意思是如果做事不从一点一滴中做起,那就不可能有所成就。

延伸阅读

《老子》："合抱之木，生于毫末；九层之台，起于累土；千里之行，始于足下。"

4. 贡桑诺尔布

贡桑诺尔布系成吉思汗勋臣者勒篾的后裔，卓索图盟喀喇沁右旗世袭札萨克亲王，兼卓索图盟盟长。他是蒙古民族近代史上重要的开拓者，也是近代蒙古族中最为著名的历史人物。他生活在一个动荡、激变的历史时代。他为谋求民族的振兴和本地区政治、经济文化的发展呕心沥血、身体力行，主张实干兴邦。开创了漠南蒙古教育之先河，先后创办了崇正学堂、毓正女学堂、守正武学堂。为喀喇沁右翼旗培养了大批先进人才。他顺应历史潮流的发展，接受民主启蒙思想，大力推行旗政新举措，创造了清代蒙古族经济、文化的十项第一，令塞外蒙古诸部敬佩。

导读

卓索图盟：源于蒙古语“召苏勒图”，意为驿站。昔日的卓索图盟，位于今辽宁省西部、河北省的东北部、内蒙古自治区东南部。地域包括2部6旗，即今阜新、北票、朝阳、凌源、平泉、赤峰喀喇沁旗、宁城等市县和建平县南部地带。

札萨克：官名，蒙古语“执政官”的意思，是一种清朝主要对蒙古族和满族人授予的军事、政治官职爵位。清代将蒙古族住区分设为若干旗，每旗旗长称为札萨克。

延伸阅读

贡桑诺尔布创作的十项第一是：在蒙古民族中创建第一个官办新式学校——崇正学堂；建立了蒙古第一所女子学校——毓正女子学堂；建立了内蒙古第一个军事学校——守正武学堂；建立了内蒙古第一个图书馆；第一个成批派遣蒙古族留学生数十人；创办第一个蒙古文报纸——《婴报》；在内蒙古第一个办邮电；在内蒙古第一个南桑北移办苗圃；在内蒙古创办第一个综合性工厂，开创了内蒙古民族地区办工厂、办实业的先河；创建警察局，维护地方社会治安。

后记

何为价值观？自人猿相揖别，生活越来越复杂，矛盾冲突也越来越频繁，如何安排人与自然、人与人之间的关系，这就需要种种规则。在规则框架中，利益、立场不同的人取得共识，理解、认同、执行规则，这就是价值观。如果说人类社会的过去、现在、未来是一条奔流不息的长河，那么价值观就是随之蜿蜒的河岸，它立足于河流，又约束着河流。在中国这片土地上，河流至今，几经曲折后，星垂平野阔，浩浩去无际。中华民族复兴之鹄的，就在国富民强，就在重立于文明之巅；法治、公正、平等、自由，则是现代文明的核心基质，也是规矩之所在；友善、诚信、敬业、爱国，如果每一个身处其中的个体，乐在其中，欣悦践履，那么普世和谐、天下大同就不再是梦想，而是心驰神往的现实。你怎么看这个世界，这个世界就会是什么样的。人们怎么去审视自己的责任，如何去看待自己的家与国，如何瞻望这片土地的未来，将决定复兴之路能走到哪里、走多远。

观念非无源之水，它来自于生活，提纯经验，凝结智慧，附丽于经典，如薪火般相传于口耳。人类柔弱堪比芦苇，之所以有今天的璀璨文明，全因那是一株株会思想、有传承的芦苇。莽莽北方草原，千百年来，经历过干旱、风雪、蝗虫狼鼠之灾，也饱受战乱之害。那些横跨东西万里的草原行国，盛时如火如荼，衰时如青烟袅袅，俯视王朝兴替的蓝天白云依旧，背负过客匆匆脚步的草原依旧。草原上的人们跟着牛羊从夏天走到冬天，毡帐搭了又拆，旭日升皓月落，一季草荣一季草枯。流年改变了人们的容颜，改变了人们的生活，甚至改变了大地本身的模样，但总有一些存在无法改变。流传在蒙古包里的民间俗谚、歌谣、成吉思汗箴言与大札撒，长者们呕心沥血收藏教授的《蒙古秘史》《黄金史纲》《青史演义》……人类的智慧之光，在不同的地方会有不同的形状，但是，就像潭中月与海上月，都是天心月的投影，彼此有共通之处。草原文化里的言语教训与社会主义核心价值观有着体裁、语言等形式上的差异，然而在本质上却是一脉相承、声气相投。

经过岁月的涤荡淘洗，得以流传下来的蒙古族思想成果弥足珍贵。这些教人向善、促人奋进、引人入胜的言语，是阿布、额吉们祖祖辈辈间的老生常谈，也是我们持守的集体记忆。翻开书，抛开种种成见，以平常心读这些来自岁月深处的前人留言，听一听，他们向往的生活究竟是什么样的。之后，也许你对自己、对世界，会有一点不一样的想法。